當代中文課程

A Course in
Contemporary
Chinese

編寫教師・王佩卿、陳慶華、黃桂英
主編・鄧守信

Workbook
+
Character Workbook
作業本與漢字練習簿

1-2

國立臺灣師範大學國語教學中心 策劃
Mandarin Training Center National Taiwan Normal University

目錄 Contents

他們學校在山上

Their School Is Up in the Mountains

I. Differentiating Tones

Listen to the recording and place the correct tone marks over the pinyin.

06-01

1. 學校 ( ) xuexiao	2. 真遠 ( ) zhen yuan	3. 附近 ( ) fujin	4. 東西 ( ) dongxi
5. 宿舍 ( ) sushe	6. 山上 ( ) shanshang	7. 地方 ( ) difang	8. 大樓 ( ) dalou
9. 朋友 ( ) pengyou	10. 裡面 ( ) limian		

II. Choose the Correct Pronunciation   06-02

1. 在：　　a / b

2. 遠：　　a / b

3. 做：　　a / b

4. 錢：　　a / b

5. 美：　　a / b

6. 多：　　a / b

7. 哪裡：　a / b

8. 旁邊：　a / b

9. 幾個：　a / b

10. 商店：　a / b

III. Listen and Respond: Where Are They?

A. Listen to the statements. Put a √ above the correct picture.

 06-03

1		2	

3	

B. Listen to the statements and write 1-5 in the corresponding boxes.

 06-04

a. 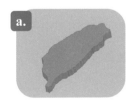 b.  c.  d.  e.

C. Listen to the dialogue. Place a ○ if the statement is true or an × if the statement is false. 🎧 06-05

(　　) 1. 圖書館在那個小姐的前面。

(　　) 2 這個小姐的學生在商店外面。

(　　) 3. 這個小姐要到山上的餐廳來吃牛肉麵。

IV.　Create Dialogue Pairs

Match the sentences in the column on the left with the appropriate sentences from the column on the right.

(　　) 1. 你現在要去吃飯嗎？　(A) 真的嗎？我們週末一起去看看吧。

(　　) 2. 你這個週末想做什麼？　(B) 我家附近。

(　　) 3. 他們學校遠不遠？　(C) 有一點遠。

(　　) 4. 你常在宿舍看書嗎？　(D) 是的，他叫馬安同。

(　　) 5. 你想去哪裡運動？　(E) 有啊，可是有一點貴。

(　　) 6. 前面的那個先生
是不是你朋友？　(F) 上上網、看看書，你呢？

(　　) 7. 你家附近有沒有
不錯的餐廳？　(G) 是啊，要不要一起去吃？

(　　) 8. 聽說那家商店的東西
很便宜。　(H) 不是，我去圖書館看書。

第六課

V. Reading Comprehension

小明 Xiaoming is introducing his school. Read the paragraph below and complete the campus map that follows based on his description.

　　我們學校在花蓮，很大、很漂亮，也很有名。學校裡有四棟大樓，這棟大樓是教室，教室後面是圖書館，圖書館旁邊是學生宿舍，宿舍的旁邊有兩家小商店。學校裡面也有游泳池，游泳池的旁邊是咖啡店，咖啡店的前面有餐廳。學校裡的咖啡店、餐廳都不太貴，我們常常在那裡吃飯、看書。

1. _____

2. _____

3. _____

4. _____

5. _____

6. _____

7. _____

8. _____

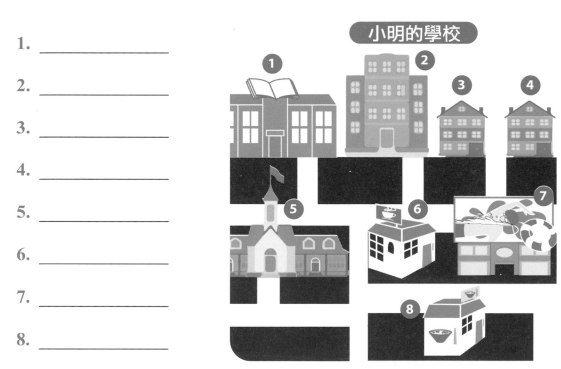

小明的學校

VI. Fill in the Blanks

A. Fill in the blanks using the words provided.

> a. 有　　b. 是　　c. 在　　d. 來　　e. 去

1. 他不_____宿舍裡。

2. 我的旁邊_____很多人。

3. 前面的那個人_____我朋友。

4. 學校後面＿＿＿＿＿＿＿很多商店。

5. 我們很喜歡＿＿＿＿＿＿＿這家餐廳吃牛肉麵。

B. Describe the pictures using locative words.

這是陳小姐的家 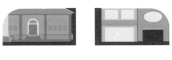，請說說她家附近有什麼？

前面　　後面　　裡面　　旁邊　　附近

1.

她家＿＿＿＿＿有海。

2.

她家＿＿＿＿＿有一家咖啡店。

3.

她家＿＿＿＿＿有游泳池。

4.

她家＿＿＿＿＿有學校。

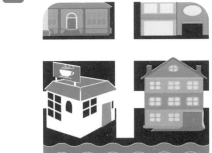

VII. Rearrange the Characters Below to Make Good Sentences \\\\\

1. 兩個學生　教室　有　外面

   _____ 。

2. 在　樓下　你哥哥　什麼　做

   _____ ？

3. 陳老師　那家餐廳　吃飯　在　前面的

   _____ 。

4. 也　附近　有山　有海　老師家

   _____ 。

5. 他朋友　來　買東西　學校旁邊的商店　今天早上

   _____ 。

VIII. Write Out in Chinese Characters \\\\\

Listen to the recording and write out the sentences below in Chinese characters. 🎧 06-06

1. Nǐmen xuéxiào zài nǎlǐ?

   _____ ？

2. Shānshàng de fēngjǐng hěn měi.

   _____ 。

3. Tā péngyǒu zài jiàoshì lǐ shàngkè.

   _____ 。

4. Wǒ xiǎng qù shāngdiàn kànkàn.

   _____ 。

5. Nà ge dìfāng hěn yuǎn, bú tài fāngbiàn.

   _____ 。

IX. Complete the Dialogue ＼＼＼

1. **A**：前面的那家餐廳怎麼樣？

   B：_____ 。

2. **A**：你常去那裡游泳嗎？

   B：_____ 。

3. **A**：_____ ？

   B：咖啡店在圖書館的一樓。

4. **A**：_____ ？

   B：有一點遠。

5. **A**：_____ ？

   B：我去他們學校找朋友。

X. Composition (50 characters)

你要在 Facebook 上跟大家說說你在臺灣的家。(Tell everyone on your Facebook page about your new home in Taiwan. Talk about where you live, whether you like your place or not, the surrounding neighborhood, what you do at home, and what you do around the neighborhood.)

> **Tip**
>
> 你可以寫：你家在哪裡？你喜歡嗎？附近怎麼樣？你常在家做什麼？你常在你家附近做什麼？

漢字練習簿 | 體例說明

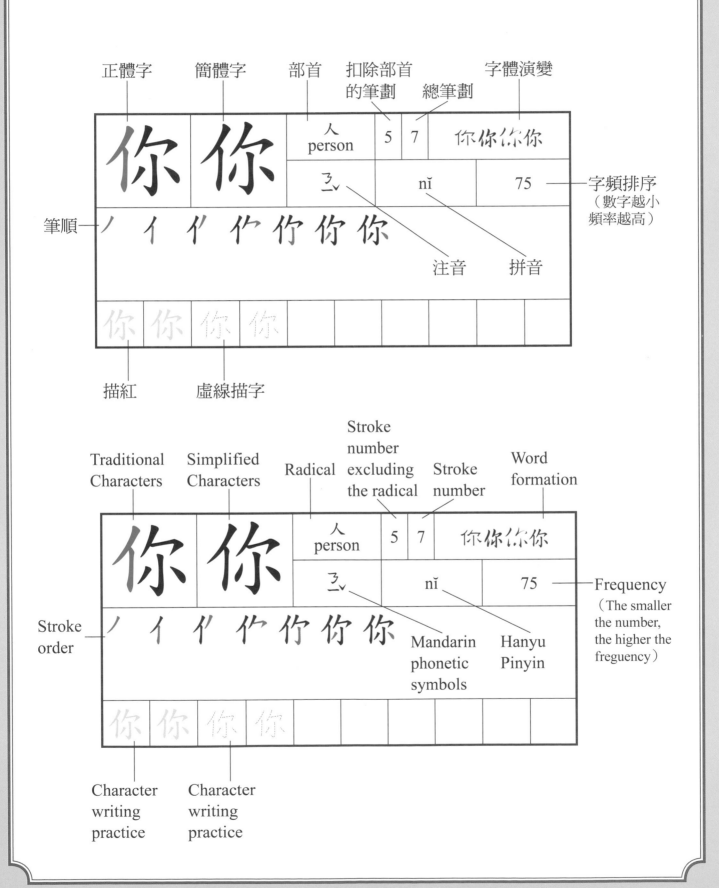

漢字練習

校校		木 tree	6	10	栲校校栈校
		工幺		xiào	341

一 十 才 木 木 柈 栌 栌 栌 校

校	校	校	校						

在在		土 earth	3	6	中屮壮在在圶在
		ㄗㄞ		zài	13

一 ナ 才 才 在 在

在	在	在	在						

山山		山 mountain	0	3	屾屮屮山山㠯山
		ㄕㄢ		shān	121

丨 山 山

山	山	山	山						

裡	里	衣 cloth	7	12	
		ㄌㄧˇ	lǐ		71

裡	裡	裡	裡						

遠	远	辵 stop&go	10	14	
		ㄩㄢˇ	yuǎn		322

遠	遠	遠	遠						

風	风	風 wind	0	9	
		ㄈㄥ	fēng		172

風	風	風	風						

景 景		日 sun	8	12	景景景景景
		ㄐㄧㄥ		jǐng	449

ㄧ 冂 冂 曰 曰 旦 旱 昙 景 景

景 景

景	景	景	景					

前 前		刀 knife	7	9	肖肖前前前前
		ㄑㄧㄢ		qián	87

丶 丷 丷 产 芐 芐 肖 前 前

前	前	前	前					

面 面		面 face	0	9	面面面面面面
		ㄇㄧㄢ		miàn	68

一 一 厂 丆 而 而 而 面 面

面	面	面	面					

16

海 海		水 water	7	10	海海海海海
		ㄏㄞ	hǎi		156

丶 ㇀ 氵 氵 氵 汇 海 海 海 海

| 海 | 海 | 海 | 海 | | | | | | |

後 后		彳 to pace	6	9	後後後後後後
		ㄏㄡ	hòu		59

丿 ㇋ 彳 彳 彳 徉 徉 後 後

| 後 | 後 | 後 | 後 | | | | | | |

地 地		土 earth	3	6	地地地地地
		ㄉㄧ	dì		21

一 十 土 圵 地 地

| 地 | 地 | 地 | 地 | | | | | | |

方 方		方 square	0	4	ㄅ ㄐ 굿 方 方 才 方
		ㄈㄤ	fāng		61
、 一 亍 方 方					
方	方	方	方				

現 現		玉 jade	7	11	現 現 現 現
		ㄒㄧㄢˋ	xiàn		56
一 二 〒 王 玎 玑 玥 珇 現					
現					
現	現	現	現				

附 附		阜 plenty	5	8	阝 附 附 附 附
		ㄈㄨˋ	fù		851
一 乛 阝 阝 阝 阝一 附 附					
附	附	附	附				

近近		辵 stop&go	4	8	訴近近止近
		ㄐㄧㄣ		jìn	336

ノ 厂 斤 斤 扵 近 近 近

| 近 | 近 | 近 | 近 | | | | | | |

樓 楼		木 tree	11	15	樓樓樓樓樓
		ㄌㄡ		lóu	737

一 十 才 才 才 札 枏 枏 枏 枏
枏 槵 楼 樓 樓

| 樓 | 樓 | 樓 | 樓 | | | | | | |

下下		一 one	2	3	一二下下下下
		ㄒㄧㄚ		xià	44

一 丁 下

| 下 | 下 | 下 | 下 | | | | | | |

找找		手 hand	4	7	找找找找
		业		zhǎo	538

一　丁　扌　扌　找　找　找

找	找	找	找					

朋朋		月 moon	4	8	珡珡多朋朋網朋
		冬		péng	238

丿　刀　月　月　月　朋　朋　朋

朋	朋	朋	朋					

友友		又 also	2	4	䏩㸚彐友友及友
		又		yǒu	178

一　ナ　ナ　友

友	友	友	友					

| 課課 | 言 speech | 8 | 15 | 課課課課課 |
| | 丂ㄜˋ | | kè | 682 |

丶 一 亠 訁 言 言 言 訁 訂 訂
訶 訶 評 課 課

課 課 課 課

| 花花 | 艸 grass | 4 | 8 | 花花花花 |
| | ㄏㄨㄚ | | huā | 153 |

丶 十 艹 艹 芳 芍 花 花

花 花 花 花

| 蓮蓮 | 艸 grass | 11 | 15 | 蓮蓮蓮蓮蓮 |
| | ㄌㄧㄢˊ | | lián | 1134 |

丶 十 艹 艹 艿 芍 芍 芎 莒 莒
蓮 蓮 蓮 蓮 蓮

蓮 蓮 蓮 蓮

便 便	人 person	7	9	價便便便便
	ㄅㄧㄢ		biàn	387

ノ イ イ 仁 仃 仠 佢 便 便

便	便	便	便					

東 东	木 tree	4	8	東東东東
	ㄉㄨㄥ		dōng	215

一 ㄒ ㄒ 盯 盯 冒 申 東 東

東	東	東	東					

西 西	西 cover	0	6	西西西西
	ㄒㄧ		xi	161

一 ㄒ ㄒ 丙 西 西

西	西	西	西					

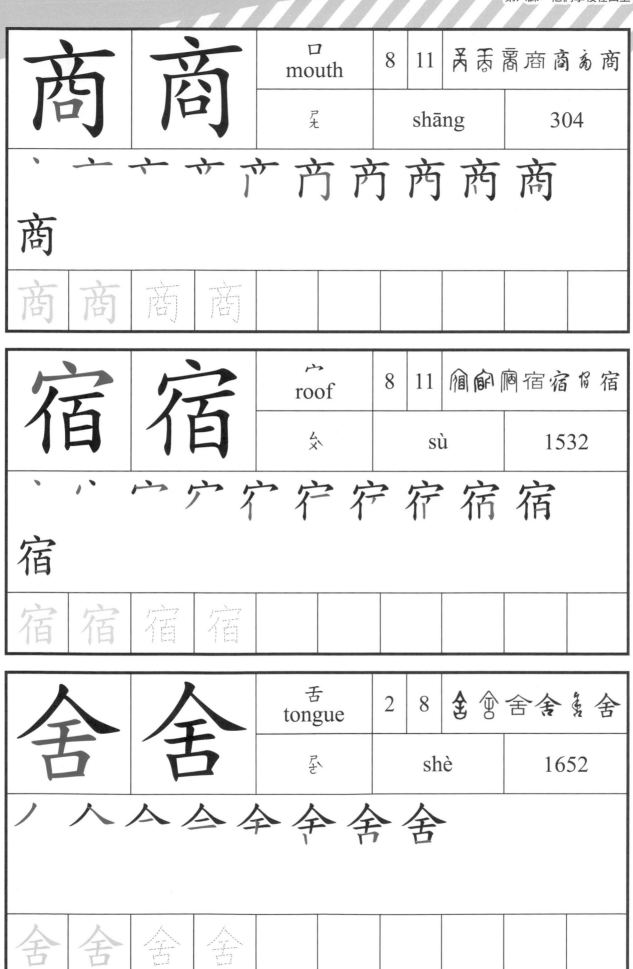

第六課

商商	口 mouth	8	11	丬禿喬商商商商
	ㄕㄤ		shāng	304

丶亠立产产商商商商
商

商	商	商	商						

宿宿	宀 roof	8	11	宿宿宿宿宿宿宿
	ㄙㄨ		sù	1532

丶丶宀宀宁宁宿宿宿宿宿
宿

宿	宿	宿	宿						

舍舍	舌 tongue	2	8	舍舍舍舍舍舍
	ㄕㄜ		shè	1652

丿人人合全全舍舍

舍	舍	舍	舍						

23

棟栋		木 tree	8	12	楝棟棟栋棟
		ㄉㄨㄥˋ		dòng		2535

一 十 才 木 杧 杧 杧 杧 柿 柿

棟 棟

棟	棟	棟	棟						

圖 图		囗 enclosure	11	14	圂圖圖圖图圖
		ㄊㄨˊ		tú		517

丨 冂 冂 冂 冋 冋 罔 罔 罔

圅 圖 圖 圖

圖	圖	圖	圖						

館 馆		食 eat	8	16	館館館饭館
		ㄍㄨㄢˇ		guǎn		648

丿 𠂉 𠂉 𠂤 今 今 食 食 食 食

飠 飠 館 館 館 館

館	館	館	館						

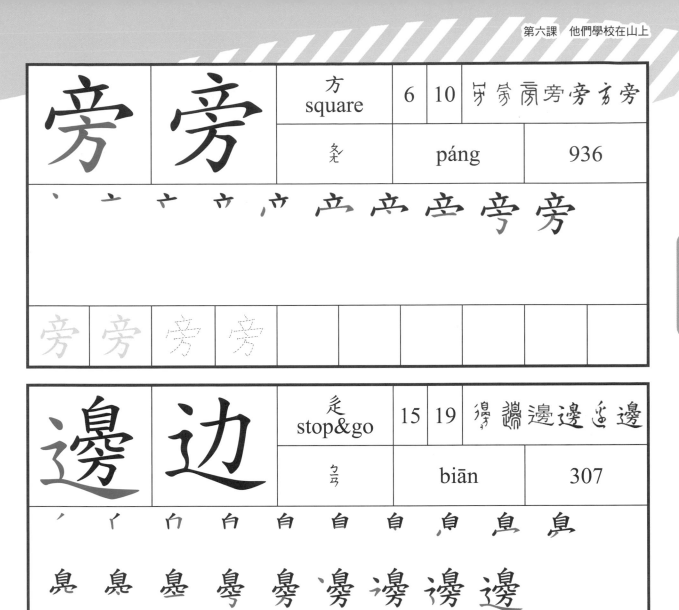

旁 旁		方 square	6	10	牙 豸 㡿 旁 旁 亠 旁
		ㄆㄤ			páng	936

丶 亠 亠 亠 亠 立 产 产 亭 旁

| 旁 | 旁 | 旁 | 旁 | | | | | |

邊 边		辵 stop&go	15	19	邊 䢠 邊 邊 䢟 邊
		ㄅㄧㄢ			biān	307

丶 丿 白 白 自 自 自 鼻 鼻

鼻 鼻 鼻 舁 舁 舁 邊 邊 邊

| 邊 | 邊 | 邊 | 邊 | | | | | |

教 教		攴 tap	7	11	敎 敎 敎 教 教 敎 教
		ㄐㄧㄠ			jiào	97

一 十 土 耂 耂 孝 孝 孝 教 教

教

| 教 | 教 | 教 | 教 | | | | | |

室室		宀 roof	6	9	宀 宀 宣 室 室 室 室		
		尸		shì		546	
丶 丷 宀 宀 宁 宝 宝 室 室							
室	室	室	室				

池池		水 water	3	6	池 池 池 池		
		氵		chí		1434	
丶 丶 氵 氵 汋 池							
池	池	池	池				

早上九點去 KTV

Going to KTV at 9 O'clock in the Morning

I. Differentiating Tones

Listen to the recording and place the correct tone marks over the pinyin.

07-01

1. 見面 (　　　　) jianmian	2. 銀行 (　　　　) yinhang	3. 後天 (　　　　) houtian	4. 唱歌 (　　　　) changge
5. 最近 (　　　　) zuijin	6. 下次 (　　　　) xia ci	7. 時候 (　　　　) shihou	8. 中午 (　　　　) zhongwu
9. 開始 (　　　　) kaishi	10. 書法 (　　　　) shufa		

II. Choose the Correct Pronunciation
07-02

1. 買：　　a / b

2. 半：　　a / b

3. 寫：　　a / b

4. 忙：　　a / b

5. 見面：　a / b

6. 七點：　a / b

7. 下課：　a / b

8. 有事：　a / b

9. 最近：　a / b

10. 一起：　a / b

III. Listen and Respond: What and When?

A. Listen to the times and write down 1-5 in the corresponding boxes.
🎧 07-03

1				

B. Listen for what each is doing and write A-E in the corresponding boxes.
🎧 07-04

A. 　　B. 　　C. 　　D. 　　E.

爸爸		媽媽		哥哥	
姐姐		妹妹			

C. Listen to the dialogue. Place a ◯ if the statement is true or an ✕ if the statement is false. 🎧 07-05

(　　) 1. 他們要一起去 KTV。

(　　) 2. 這個小姐今天中午在游泳池。

(　　) 3. 這個小姐不喜歡學中文。

(　　) 4. 他們明天早上七點要去打網球。

(　　) 5. 他們明天下午三點在一家咖啡店見面。

IV. Create Dialogue Pairs \\\\\

Match the sentences in the column on the left with the appropriate sentences from thc column on the right.

(   )   **1.** 你哥哥為什麼現在吃晚飯？   (A) 四點五十。

(   )   **2.** 你什麼時候有空來我家喝茶？   (B) 沒問題。

(   )   **3.** 請問比賽幾點結束？   (C) 是的，有事嗎？

(   )   **4.** 你每天都要上網嗎？   (D) 我的老師說我寫得不錯。

(   )   **5.** 你的書法寫得怎麼樣？   (E) 是啊，一定要。

(   )   **6.** 你後天從早上到晚上都沒空嗎？   (F) 我晚上有事，下次吧。

(   )   **7.** 你現在有事嗎？   (G) 他今天晚上太忙了。
         可不可以幫我去買東西？

(   )   **8.** 你晚上要不要一起去聽音樂？   (H) 明天下午，怎麼樣？

第七課

V. Reading Comprehension \\\\\

Answer the questions based on the note (字條 zìtiáo) below.

> 安同：
>
>   明天晚上六點半我們學校有一個日本電影，很有名，聽說也很有意思，你有空嗎？要不要一起去看？我們明天下午六點十分在我們學校圖書館旁邊的咖啡店見面。
>
>   怡君
>
>   **12/16   4:35pm**

（　　）　1. 誰寫這張字條（note）？　a. 怡君　　　b. 安同　　　c. 不知道

（　　）　2. 誰想看這個電影？　　a. 怡君　　　b. 安同　　　c. 不知道

（　　）　3. 電影幾點開始？　　　a. 6:00　　　b. 6:10　　　c. 6:30

（　　）　4. 這個電影在哪裡？　　a. 安同的學校　b. 怡君的學校　c. 圖書館

（　　）　5. 他們要在哪裡見面？　a. 圖書館　　　b. 咖啡店　　　c. 學校旁邊

VI.　Fill in the Blanks \\\\\

A.　**Fill in the blanks using the words provided.**

> a. 從　　b. 每　　c. 都　　d. 得　　e. 在

1.　你踢足球踢_____怎麼樣？

2.　_____個學生都喜歡上課嗎？

3.　你為什麼現在_____買包子？

4.　我朋友不是每天_____去游泳。

5.　這個比賽_____下午三點半到五點。

B.　**小李 Xiao Li ran into 小王 Xiao Wang on campus. Complete their dialogue with the words provided below.**

> a. 剛　b. 聽　c. 忙　d. 開始　e. 結束　f. 最近　g. 時候
> h. 再見　i. 有意思　j. 等一下

小李：小王，你要去哪裡？

小王：我_____去看網球比賽，_____要去吃晚飯。

小李：學校今天有網球比賽啊？

小王：是的，從四點到六點。對了，我現在在學網球，覺得很_____。

小李：你每天都去打嗎？打得怎麼樣？

小王：是的，我剛_____學，打得不好，我朋友打得很好，他教我打。

小李：他也可以教教我嗎？

小王：我問問他，你什麼_____有空？

小李：我_____不太_____，每天都有空。

小王：太好了！我們可以一起打網球。

VII. Rearrange the Characters Below to Make Good Sentences

1. 剛　上書法課　昨天　開始　我和我朋友

   _____。

2. 什麼時候　老師和他的學生　你家　做甜點　去

   _____？

3. 爸爸　每天晚上　都　吃晚飯　在家　不是

   _____。

4. 陳先生　都　後天　到晚上　沒空　從早上

   _____。

5. 為什麼　都　看　前面那個學生　每個人　在

   _____？

VIII. Write Out in Chinese Characters \\\\\

Listen to the recording and write out the sentences below in Chinese characters. 07-06

1. Wǒ yǒu kòng kěyǐ qù tīngtīng ma?

   _____?

2. Tā xiànzài zài jiàoshì lǐ xiě shūfǎ.

   _____。

3. Wǒmen shénme shíhòu jiànmiàn?

   _____?

4. Tā hòutiān cóng zǎoshàng dào xiàwǔ dōu yào shàngkè.

   _____。

5. Wǒmen de Zhōngwén kè měi tiān bādiǎn shífēn kāishǐ.

   _____。

IX. Antong's Schedule

Answer the questions based on Antong's schedule below.

	Mon 一	Tue 二	Wed 三	Thu 四	Fri 五
8-10 am	中文課	中文課	中文課	中文課	中文課
11-12 noon	喝咖啡、吃午餐	喝咖啡、吃午餐	喝咖啡、吃午餐	喝咖啡、吃午餐	喝咖啡、吃午餐
2-4 pm	看書	看書	看書	看書	看書
4-6 pm	游泳	打棒球	踢足球	照相	打籃球
6-8 pm	唱歌	聽音樂	看電影	書法課	看比賽

1. 他每天都要做什麼？

_____

2. 他每天都去運動嗎？

_____

3. 他的中文課是什麼時候？（從…到…）

_____

4. 現在是下午三點半，他在做什麼？

_____

第七課

X. Composition (60 characters)

你覺得你現在每天做的事都很有意思嗎？為什麼？你可以說說你每天去哪裡、做什麼？你覺得有意思嗎？(Do you enjoy what you do every day? Why? Can you talk about where you go and what you do every day? Do you enjoy these activities?)

_____

_____

_____

_____

_____

_____

_____

_____

_____

_____

_____

唱唱	口 mouth	8	11	唱唱唱唱唱
	ㄔㄤ		chàng	686

丨 冂 口 口 叩 吧 明 唱 唱 唱
唱

唱	唱	唱	唱			

歌歌	欠 owe	10	14	歌歌歌歌歌
	ㄍㄜ		gē	620

一 亻 厂 㢤 可 可 哥 哥 哥
哥 歌 歌 歌

歌	歌	歌	歌			

分分	刀 knife	2	4	分分分分
	ㄈㄣ		fēn	78

丿 八 分 分

分	分	分	分			

見	见	見 see	0	7	ꝑꝑ見見見见見
		ㄐㄧㄢˋ		jiàn	147

丨 冂 冃 月 目 貝 見

見　見　見　見

從	从	彳 to pace	8	11	從卻從從彷從
		ㄘㄨㄥˊ		cóng	196

丶 彳 彳 彳 彳 彳 彳 彳 從

從

從　從　從　從

午	午	十 ten	2	4	ⵏↆↄ午午年午
		ㄨˇ		wǔ	774

丿 ㇒ ㇑ 午

午　午　午　午

得 得			彳 to pace	8	11	微微得得得得
			ㄉㄟ			děi	38

ˊ ˊ ˊ 彳 彳 彳 彳 彳 彳 得 得

得

得	得	得	得				

銀 銀			金 metal	6	14	銀銀銀銀銀
			ㄧㄣ			yín	582

ノ ノ 人 と 仝 牟 牟 余 金 金 金 金

金 釘 釘 銀 銀

銀	銀	銀	銀				

行 行			行 go, do	0	6	朴朴祐行行行
			ㄏㄤ			háng	51

ˊ ノ ノ 彳 彳 行 行

行	行	行	行				

時时		日 sun	6	10	時時時时時
		ㄕ		shí		19

丨 刀 月 日 日⌐ 旷 旷 時 時 時

| 時 | 時 | 時 | 時 | | | | |

候候		人 person	8	10	𠊱候候 候
		ㄏㄡ		hòu		253

丿 亻 亻 伊 伊 伊 佢 候 候

| 候 | 候 | 候 | 候 | | | | |

次次		欠 owe	2	6	冄𣢐次次 𣢐次
		ㄘ		cì		289

一 二 𠀐 次 次 次

| 次 | 次 | 次 | 次 | | | | |

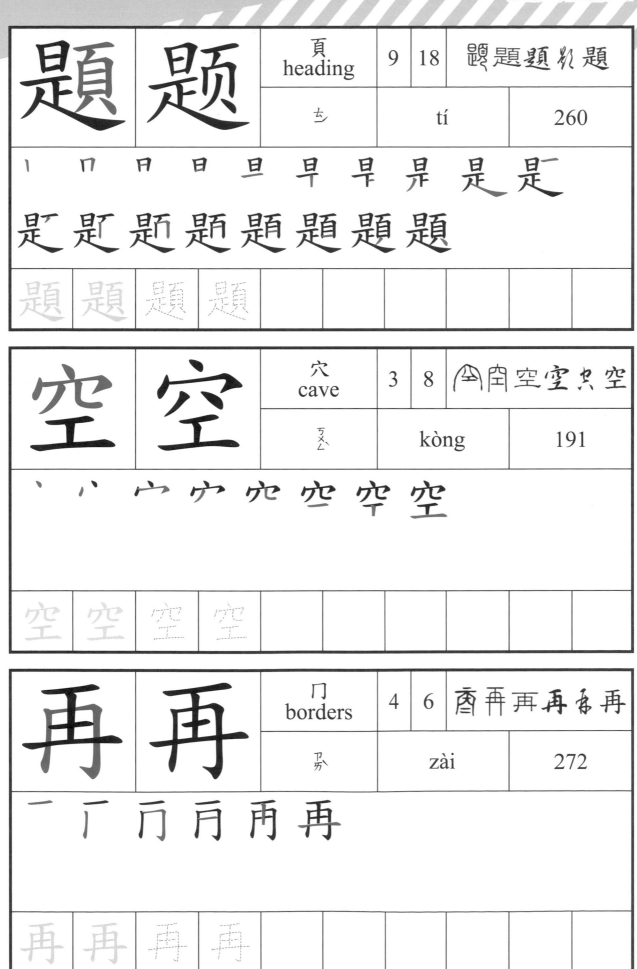

題 題	頁 heading	9	18	題題題*題
	ㄊㄧˊ		tí	260

丶 冂 日 日 旦 早 早 是 是 是
是 是 題 題 題 題 題 題

題 題 題 題

空 空	穴 cave	3	8	空空空空
	ㄎㄨㄥˋ		kòng	191

丶 丶 丷 宀 宀 空 空 空 空

空 空 空 空

再 再	冂 borders	4	6	再再再再再
	ㄗㄞˋ		zài	272

一 厂 厅 再 再 再

再 再 再 再

剛	刚	刀 knife	8	10	
		ㄍㄤ	gāng		876

半	半	十 ten	3	5	
		ㄅㄢˋ	bàn		451

比	比	比 compare	0	4	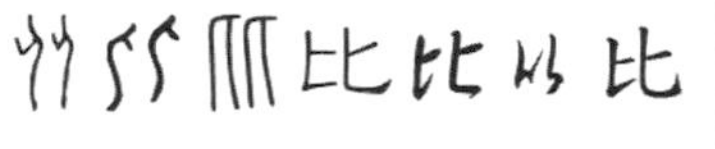
		ㄅㄧˇ	bǐ		232

賽	賽	貝 shell	10	17	寶賽賽賓賽
		ㄙ		sài	403

丶 丶 宀 宀 宀 宀 宀 宀 宀 宀

宀 宀 宀 宀 賽 賽 賽

賽	賽	賽	賽				

結	結	糸 silk	6	12	結結結結結
		ㄐㄧㄝ		jié	246

ㄥ ㄥ 幺 幺 幺 糸 糸 紝 紝 結

結 結

結	結	結	結				

束	束	木 tree	3	7	束束束束束束
		ㄕㄨ		shù	1136

一 一 丆 币 币 束 束 束

束	束	束	束				

第七課

忙	忙		心 heart	3	6	忙忙忙忙
			ㄇㄤ		máng	800

丶　丶　忄　忄　忙　忙

忙　忙　忙　忙

每	每		毋 do not	2	7	每每每每每每每
			ㄇㄟ		měi	354

ノ　一　仁　戸　每　每　每　每

每　每　每　每

法	法		水 water	5	8	法法法法法
			ㄈㄚ		fǎ	86

丶　丶　氵　氵　汁　法　法　法

法　法　法　法

始 始	女 female	5	8	𡥘 𣑒 始 始 𡥘 始
	ㄕˇ		shǐ	347

ㄑ ㄑ 女 女 如 始 始 始

始	始	始	始						

字 字	子 child	3	6	𡥩 𡥦 字 字 字 字
	ㄗˋ		zì	338

ˋ ㄟ 宀 宀 宁 字

字	字	字	字						

寫 写	宀 roof	12	15	𤲃 寫 寫 寫 寫
	ㄒㄧㄝˇ		xiě	445

ˋ ㄟ 宀 宀 宀 宁 宁 宕 宕 宵
寫 寫 寫 寫 寫

寫	寫	寫	寫						

等等		竹 bamboo	6	12	𥫗 等 等 筈 等
		ㄉㄥ		děng	370

ノ ← ← ←　竹 竹 竺 笁 笁 竺
等 等

等	等	等	等				

事事		亅 hooked	7	8	㠯 㠯 事 事 事 孑 事
		ㄕ		shì	63

一 ㄈ ㄈ ㄈ ㄈ ㄅ 写 写 事

事	事	事	事				

意意		心 heart	9	13	意 意 意 亠 意
		丶		yì	99

丶 亠 亠 立 立 产 音 音 音 音
意 意 意

意	意	意	意				

思	思	心 heart	5	9	思思思思
		ㄙ		si	396

丨 冂 冂 用 田 田 思 思 思

思　思　思　思

坐火車去臺南

Taking a Train to Tainan

I. Differentiating Tones

Listen to the recording and place the correct tone marks over the pinyin.

🎧 08-01

1. 火車 ( ) huoche	2. 不行 ( ) bu xing	3. 故宮 ( ) Gugong	4. 非常 ( ) feichang
5. 高鐵 ( ) gaotie	6. 參觀 ( ) canguan	7. 同學 ( ) tongxue	8. 捷運 ( ) jieyun
9. 公共 ( ) gonggong	10. 古代 ( ) gudai		

II. Choose the Correct Pronunciation 🎧 08-02

1. 又：   a / b   2. 慢：   a / b

3. 跟：   a / b   4. 坐：   a / b

5. 騎車： a / b   6. 或是： a / b

7. 舒服： a / b   8. 網路： a / b

9. 便利： a / b   10. 比較： a / b

III. Listen and Respond: What Are They Doing?

A. Listen for the means of transportation. Put a √ in the corresponding boxes.

🎧 08-03

1.

2.

3.

B. Where is 如玉 Ruyu going this weekend? How is she getting there? Listen to the statements and answer the questions. 🎧 08-04

> a. 臺南　b. 故宮　c. 坐公車　d. 騎機車　e. 坐計程車
> f. 朋友載　g. 坐公車有點慢　h. 比較快　i. 很舒服　j. 沒有空

1. 如玉週末想去哪裡？	
2. 如玉想怎麼去？	
3. 如玉為什麼想請朋友載她去？	
4. 如玉的朋友說如玉可以怎麼去？	

C. Listen to the dialogue. Place a ◯ if the statement is true or an ✕ if the statement is false. 🎧 08-05

(   )   **1.** 如玉要坐高鐵去臺南。

(   )   **2.** 在火車站可以買高鐵（車）票。

(   )   **3.** 他們明天都要去故宮博物院。

(   )   **4.** 去故宮沒捷運，要坐公車。

(   )   **5.** 明華騎機車載如玉去 KTV 唱歌。

IV.   Create Dialogue Pairs

Match the sentences in the column on the left with the appropriate sentences from the column on the right.

(   )   **1.** 高鐵車票貴嗎？   (A) 便利商店或是高鐵站。

(   )   **2.** 明天我怎麼去你家？   (B) 差不多。

(   )   **3.** 你知道在哪裡買高鐵票嗎？   (C) 我覺得又好吃又便宜。

(   )   **4.** 那個電影好看嗎？   (D) 我覺得有一點貴。

(   )   **5.** 你為什麼去那家店吃？   (E) 可是，那裡沒有捷運站。

(   )   **6.** 你的手機比我的貴嗎？   (F) 我騎機車去載你。

(   )   **7.** 我想坐捷運去故宮比較快。   (G) 太慢了！我坐計程車去。

(   )   **8.** 你可以坐公車去啊！   (H) 比這個電影好看。

第八課

V. Reading Comprehension

如玉 Ruyu and 安同 Antong are discussing plans to go to Tainan. Read their dialogue and the statements that follow. Place a ◯ if the statement is true or an ✕ if the statement is false.

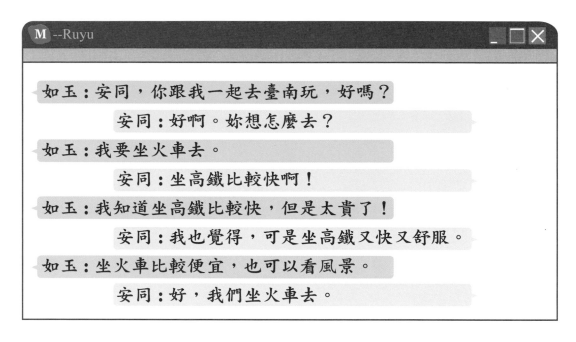

M --Ruyu

如玉：安同，你跟我一起去臺南玩，好嗎？

安同：好啊。妳想怎麼去？

如玉：我要坐火車去。

安同：坐高鐵比較快啊！

如玉：我知道坐高鐵比較快，但是太貴了！

安同：我也覺得，可是坐高鐵又快又舒服。

如玉：坐火車比較便宜，也可以看風景。

安同：好，我們坐火車去。

(　　) 1. 如玉想坐火車去臺南。

(　　) 2. 安同不覺得高鐵票很貴。

(　　) 3. 如玉覺得坐高鐵快可是貴。

(　　) 4. 坐火車又便宜又可以看風景。

(　　) 5. 他們坐高鐵去臺南。

VI.　Fill in the Blanks ⟋⟋⟋⟋

Fill in the blanks to make correct sentences.

1. 明天晚上我想＿＿＿＿＿＿＿朋友去看電影。

2. **A**：他跟不跟你去 KTV 唱歌？

   B：他＿＿＿＿＿＿＿我去，他跟同學去。

3. 我家附近的餐廳，＿＿＿＿＿＿＿便宜＿＿＿＿＿＿好吃，
   我常＿＿＿＿＿＿家人去吃。

4. **A**：今天很熱！

   B：我覺得昨天＿＿＿＿＿＿＿熱。

5. **A**：你知道＿＿＿＿＿＿＿去故宮嗎？

   B：你可以坐公車去。

第八課

VII.　Rearrange the Characters Below to Make Good Sentences ⟋⟋⟋⟋

1. 想　高鐵　臺南　去　我　坐　玩

   ＿＿＿＿＿＿＿＿＿＿＿＿＿＿＿＿＿＿＿。

2. 他　去看　跟　不　比賽　棒球　我

   ＿＿＿＿＿＿＿＿＿＿＿＿＿＿＿＿＿＿＿。

3. 那家　牛肉麵　比較　店　好吃　的

   ＿＿＿＿＿＿＿＿＿＿＿＿＿＿＿＿＿＿＿。

4. 網路上　可以　在　買　票　高鐵　你

_____ 。

5. 中國　東西　很多　有　故宮　的　古代

_____ 。

VIII. Write Out in Chinese Characters \\\\\

Listen to the recording and write out the sentences below in Chinese characters. 🎧 08-06

1. Zuò huǒchē yǒu yìdiǎn màn.

_____ 。

2. Tīngshuō gāotiě chēpiào fēicháng guì.

_____ 。

3. Zuò jìchéngchē yòu kuài yòu shūfú.

_____ 。

4. Tóngxué qí jīchē zài wǒ qù jiéyùnzhàn.

_____ 。

5. Qí jīchē bǐ zuò gōngchē kuài ma?

_____ ?

IX. Complete the Dialogue \\\\

1. **A**：你想跟我去圖書館看書嗎？

   B：＿＿＿＿＿＿＿＿＿＿＿＿＿＿＿＿＿＿＿＿＿＿＿＿＿＿。

2. **A**：＿＿＿＿＿＿＿＿＿＿＿＿＿＿＿＿＿＿＿＿＿＿＿＿＿＿？

   B：我比較喜歡喝烏龍茶。

3. **A**：為什麼你常坐高鐵？

   B：＿＿＿＿＿＿＿＿＿＿＿＿＿＿＿＿＿＿＿＿＿＿＿＿＿＿。

4. **A**：你們學校比他們學校遠嗎？

   B：＿＿＿＿＿＿＿＿＿＿＿＿＿＿＿＿＿＿＿＿＿＿＿＿＿＿。

5. **A**：你為什麼不跟他去看電影？

   B：＿＿＿＿＿＿＿＿＿＿＿＿＿＿＿＿＿＿＿＿＿＿＿＿＿＿。

X. Write a Sentence for Each Picture

1.

2.

明天

3.

4.

台北 → 台南
14:00 → 15:50

NT $1480元

台北→台南

NT $474元

XI. Composition (60 characters)

寫一封信告訴你的朋友或家人，這個週末你要去哪裡玩？(Use the words you have learned and the grammatical structures taught in this lesson to write a letter to a friend or your family. Tell them what you are going to do this weekend.)

Tip

你跟朋友說：1. 這個週末你要跟誰去玩。
2. 去哪裡玩。
3. 怎麼去？為什麼？

要用：跟，比較，又⋯又⋯，比

第八課

55

火 火			火 fire	0	4	火 火 火 火 火
			ㄏㄨㄛˇ		huǒ	406
、 丷 丷 少 火						
火	火	火	火			

車 车			車 car	0	7	車 車 車 車 车 車
			ㄔㄜ		chē	49
一 厂 厂 百 百 亘 車						
車	車	車	車			

跟 跟			足 foot	6	13	跟 跟 跟 跟 跟
			ㄍㄣ		gēn	600
、 口 口 口 口 足 足 趴 趴 趴						
跟 跟 跟						
跟	跟	跟	跟			

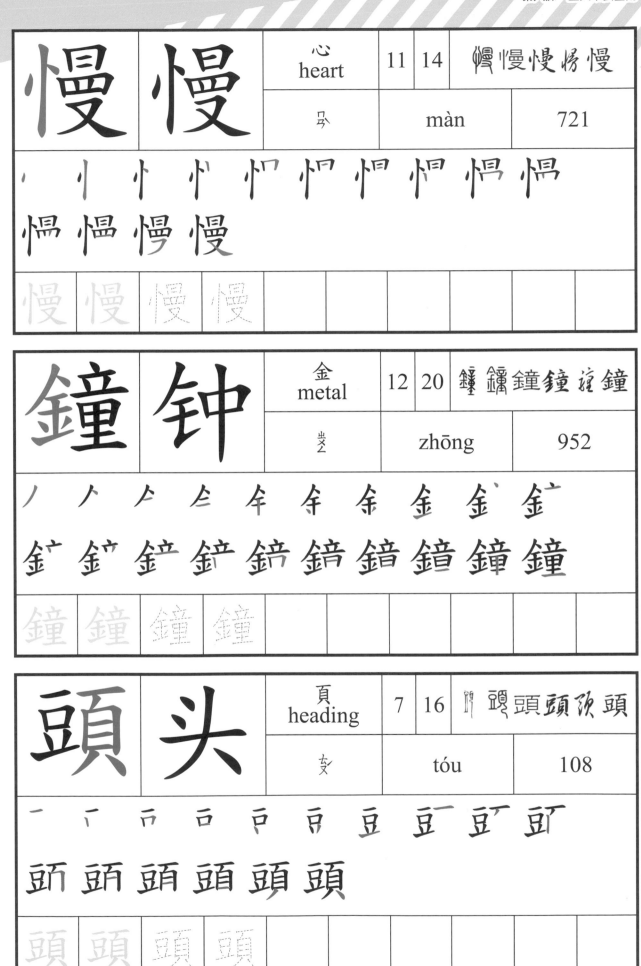

| 慢 | 慢 | 心 heart | 11 | 14 | 慢慢慢慢慢 |
| | | ㄇㄢ | | màn | 721 |

丶 丿 忄 忄 忄 忄 忄 忄 忄
忄 忄 慢 慢

慢 慢 慢 慢

| 鐘 | 钟 | 金 metal | 12 | 20 | 鐘鐘鐘鐘鐘鐘 |
| | | ㄓㄨㄥ | | zhōng | 952 |

丿 丿 丿 丿 乍 牟 余 余 金 金 金
釒 釒 鋅 鋅 鋅 鋯 鋯 鋯 鐘 鐘

鐘 鐘 鐘 鐘

| 頭 | 头 | 頁 heading | 7 | 16 | 頭頭頭頭頭 |
| | | ㄊㄡ | | tóu | 108 |

一 一 一 一 豆 豆 豆 豆 豆 豆
頭 頭 頭 頭 頭 頭

頭 頭 頭 頭

較較	車 car	6	13	較較敊較
	ㄐㄧㄠˋ		jiào	706

一 ㄱ ㄒ 亓 冝 亘 車 車 軋 軋
軐 軐 較

較	較	較	較				

快快	心 heart	4	7	忧快快快快
	ㄎㄨㄞˋ		kuài	283

丶 丶 忄 忄 忄 忄 忸 快 快

快	快	快	快				

票票	示 spirit	6	11	嬰票票票票
	ㄆㄧㄠˋ		piào	702

一 ㄱ ㄒ 亓 襾 襾 襾 覀 票 票 票
票

票	票	票	票				

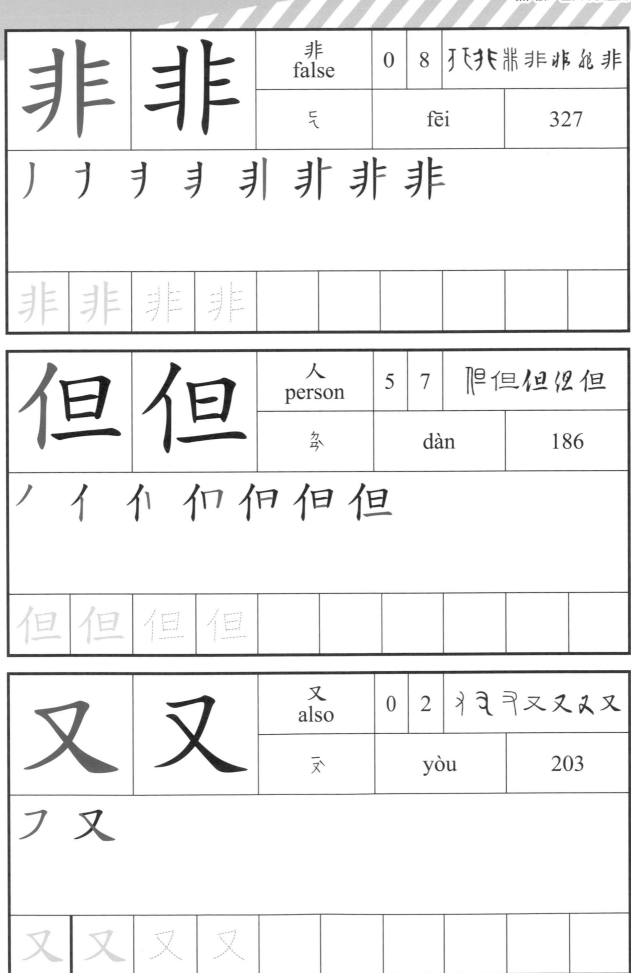

非	非	非 false	0	8	非非非非非非非
		ㄈㄟ		fēi	327

ノ ナ ヺ 彐 非 非 非 非

| 非 | 非 | 非 | 非 | | | | |

但	但	人 person	5	7	但但但但但
		ㄉㄢˋ		dàn	186

ノ イ 亻 们 但 但 但

| 但 | 但 | 但 | 但 | | | | |

又	又	又 also	0	2	又又又又又又又
		ㄧㄡˋ		yòu	203

フ 又

| 又 | 又 | 又 | 又 | | | | |

舒舒	舌 tongue	6	12	舒舒 舒舒舒
	尸		shū	1228

ノ ゝ 个 介 午 午 全 舍 舍 舍 舒

舒 舒

舒	舒	舒	舒				

服服	月 moon	4	8	服服 服服服 服
	匸ㄨ		fú	335

丿 刀 月 月 肝 肝 服 服

服	服	服	服				

站站	立 erect	5	10	站站站站
	ㄓㄢ		zhàn	660

丶 一 亠 六 立 立 圵 圵 站 站

站	站	站	站				

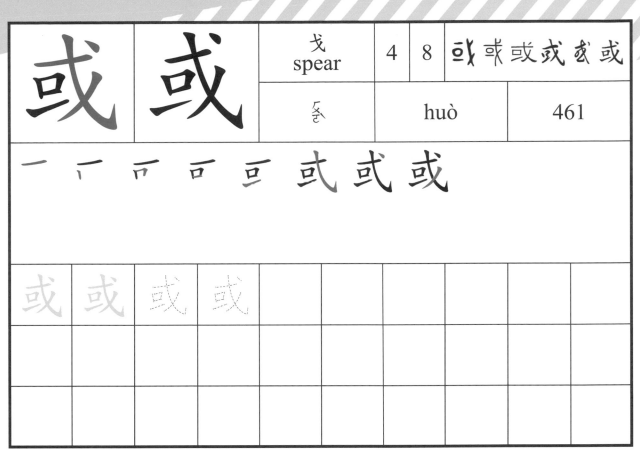

		戈 spear	4	8	或或或或或或
或	或	ㄏㄨㄛˋ		huò	461

一 ㄏ ㄏ ㄜ 戸 戸 或 或 或

或	或	或	或				

		高 high	0	10	高高高高高高高
高	高	ㄍㄠ		gāo	72

丶 亠 广 市 古 户 高 高 高 高

高	高	高	高				

鐵	铁	金 metal	13	21	鐵 鐵 鐵 鐵 鐵
		ㄊㄧㄝˇ	tiě		818

丿 𠂉 𠂉 𠆢 亼 仐 伞 金 金 釒 釒 釒 鈰 鈰 鈰 鐘 鐘 鐘 鐡 鐡 鐵

鐵 鐵 鐵 鐵

路	路	足 foot	6	13	路 路 路 路 路 路
		ㄌㄨˋ	lù		195

丨 ㄇ 口 𠃑 早 𧾷 足 𧾷 趵 跂 跻 路 路

路 路 路 路

利	利	刀 knife	5	7	利 利 利 利 利 利 利
		ㄌ一ˋ		lì	176

一 二 千 千 禾 禾 利 利

利	利	利	利				

參	参	ㄙ private	9	11	參 參 參 參 參 參
		ㄘㄢ		cān	443

ㄙ ㄙ ㄙ ㄙ ㄙ 厽 厽 夆 矣 矣 參
參

參	參	參	參				

觀	观	見 see	18	25	觀 觀觀觀視觀
		ㄍㄨㄢ		guān	187

丶 丶 十 艹 艹 艹 艹 艹 芇 芇

芦 芦 芦 芦 荁 荁 荁 雚 雚 雚

雚 雚 雚 觀 觀

觀	觀	觀	觀						

古	古	口 mouth	2	5	古古古古古古古
		ㄍㄨ		gǔ	364

一 十 十 古 古

古	古	古	古						

第八課

代代	人 person	3	5	𠆭代代代代
	ㄉㄞ		dài	132

ノ　イ　イ　代　代

代	代	代	代					

騎騎	馬 horse	8	18	騎騎騎騎騎
	ㄑㄧ		qí	1583

丨　丨　厂　厂　厈　匡　馬　馬　馬　馬　馬
馬　馬　馬　騎　騎　騎　騎　騎

騎	騎	騎	騎					

載載	車 car	6	13	載載載載載載
	ㄗㄞ		zài	1208

一　十　士　吉　吉　吉　吉　言　壹　車
載　載　載

載	載	載	載					

捷 捷			手 hand	8	11	捲 捷 捷 捲 捷		
			ㄐㄧㄝˊ		jié			1604
一 丁 扌 扩 扩 扩 扩 挂 捷 捷 捷								
捷								
捷	捷	捷	捷					

故 故			攵 tap	5	9	故 故 故 故 故 故		
			ㄍㄨˋ		gù			414
一 十 古 古 古 古 古 故 故								
故	故	故	故					

宮 宮			宀 roof	7	10	宮 宮 宮 宮 宮 宮		
			ㄍㄨㄥ		gōng			928
丶 宀 宀 宀 宀 宀 宀 宀 宮 宮								
宮	宮	宮	宮					

博博	十 ten	10	12	博博博博博博
	ㄅㄛ		bó	983

一 十 十 † † † † 博 博 博
博 博

| 博 | 博 | 博 | 博 | | | | | |

物物	牛 ox	4	8	物物物物物
	ㄨ		wù	122

ノ ヽ ヽ 牛 牛 牛 牜 物 物

| 物 | 物 | 物 | 物 | | | | | |

院院	阜 plenty	7	10	院院院院院
	ㄩㄢ		yuàn	282

ヽ ヲ ｐ ｐ ｐ 阝 阝 阝 院 院

| 院 | 院 | 院 | 院 | | | | | |

公公		八 eight	2	4	公公公公公公	
		ㄍㄨㄥ		gōng		64
㇒ 八 公 公						
公	公	公	公			

汽汽		水 water	4	7	汽汽汽汽汽	
		ㄑㄧ		qì		667
㇔ ㇔ 氵 氵 汽 汽 汽						
汽	汽	汽	汽			

行行		行 go, do	0	6	行行行行行行	
		ㄒㄧㄥ		xíng		51
㇒ ㇒ 彳 彳 行 行						
行	行	行	行			

計 計	言 speech	2	9	計 計 計 計 計
	ㄐㄧ		jì	245

丶 一 二 三 三 言 言 言 言 計

| 計 | 計 | 計 | 計 | | | | | | |

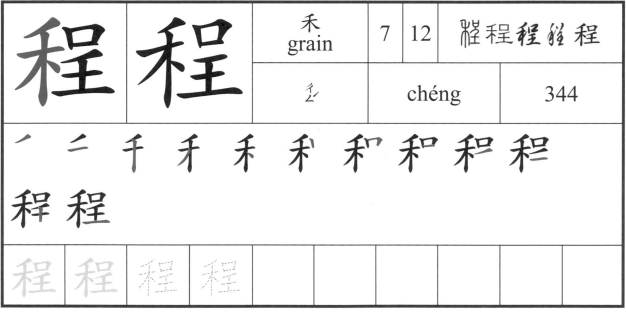

程 程	禾 grain	7	12	程 程 程 程 程
	ㄔㄥ		chéng	344

一 二 千 千 禾 禾 秆 秆 秆 程

秆 程

| 程 | 程 | 程 | 程 | | | | | | |

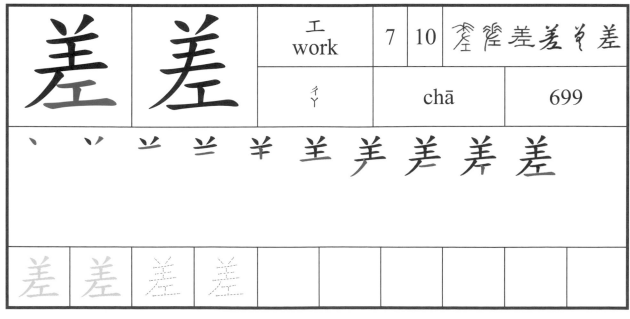

差 差	工 work	7	10	差 差 差 差 差
	ㄔㄚ		chā	699

丶 丷 丷 並 並 羊 羊 羊 差 差 差

| 差 | 差 | 差 | 差 | | | | | | |

放假去哪裡玩？

Where Will You Go for the Holidays?

I. ▮ Differentiating Tones ▨▨▨

Listen to the recording and place the correct tone marks over the pinyin.

🎧 09-01

1. 放假 (　　　　　) fangjia	2. 打算 (　　　　　) dasuan	3. 影片 (　　　　　) yingpian	4. 旅行 (　　　　　) lüxing
5. 大概 (　　　　　) dagai	6. 貓空 (　　　　　) Maokong	7. 特別 (　　　　　) tebie	8. 應該 (　　　　　) yinggai
9. 時候 (　　　　　) shihou	10. 星期 (　　　　　) xingqi		

II. ▮ Choose the Correct Pronunciation ▨▨▨　🎧 09-02

1. 帶：　　a / b　　　　2. 還：　　a / b

3. 出去：　a / b　　　　4. 夜市：　a / b

5. 回國：　a / b　　　　6. 建議：　a / b

7. 多久：　a / b　　　　8. 功課：　a / b

9. 電視：　a / b　　　　10. 決定：　a / b

III. Listen and Respond: What Are Their Plans?

A. What do they plan to do? Put a √ over the appropriate pictures.

 09-03

1.

2.

3.

B. Listen to the dialogue and choose the correct answers. 09-04

( ) 1. a. 十月三十號   b. 四月三十號   c. 四月十三號

( ) 2. a. 下個星期五晚上   b. 這個星期五下午   c. 上個星期五晚上

( ) 3. a. 下個星期六   b. 上個星期六   c. 這個星期六

( ) 4. a. 聽音樂   b. 看電影   c. 出去玩

C. **Listen to the dialogue. Place a ○ if the statement is true or an ✕ if the statement is false.** 🎧 09-05

(   )   **1.** 放假的時候田中要跟女朋友出去玩。

(   )   **2.** 她跟家人還沒決定什麼時候去旅行。

(   )   **3.** 月美放假的時候都在家寫功課。

(   )   **4.** 他們要去逛安同家附近的夜市。

(   )   **5.** 他們下個星期六去貓空喝茶。

IV.   Create Dialogue Pairs ＼＼＼

Match the sentences in the column on the left with the appropriate sentences from the column on the right.

(   )   **1.** 這家店很特別。   (A) 貓空不錯，有很多特別的茶館。

(   )   **2.** 你打算什麼時候回國？   (B) 我坐高鐵去。

(   )   **3.** 放假的時候你做什麼？   (C) 是啊，我常去買東西。

(   )   **4.** 你想去花蓮玩嗎？   (D) 要是有空，我就去。

(   )   **5.** 我們還不知道去哪裡玩？   (E) 有時候在家看書，有時候出去玩。
            你有什麼建議？

(   )   **6.** 你怎麼去臺南？   (F) 去多久？

(   )   **7.** 他要在臺灣做什麼？   (G) 大概二月吧！

(   )   **8.** 我下個星期三去日本。   (H) 他想學兩年的中文。

第九課

V. Reading Comprehension

大朋 Dapeng sent 小美 Xiaomei an e-mail after he got back from the night market this weekend. Read the e-mail and decide whether the statements that follow are correct (○ for true and ✕ for false).

From: 大朋

To: 小美

Subject: 臺灣

小美：

　　我剛到臺灣，很想吃吃臺灣的東西。聽說學校附近的夜市很有名，小吃都很好吃。我想請臺灣朋友帶我去，可是他們都很忙，不能帶我去。所以這個週末我自己一個人去逛。

　　夜市的小吃，每一種都很好吃。我最喜歡吃牛肉麵，小籠包我也喜歡。要是你來臺灣看我，我就帶你去吃小吃。我打算在臺灣學一年的中文，有空的時候，我一定還要去夜市逛逛。

大朋

(　　) 1. 他打算來臺灣一年。

(　　) 2. 他們學校附近的夜市很有名。

(　　) 3. 他朋友帶他去逛夜市。

(　　) 4. 他喜歡吃牛肉麵和小籠包。

(　　) 5. 有空的時候，他要去逛夜市。

VI. Insert Words into a Sentence //////

Insert the characters found in the ( ) on the left into the appropriate place in the sentences to the right.

1. （兩天）　　　　　　我跟家人去花蓮玩ˇ。

2. （一個星期）　　　　我去美國都沒看書。

3. （半個鐘頭）　　　　她昨天寫功課。

4. （的時候）　　　　　你有空要不要跟我去打網球？

5. （有時候／有時候）　我打網球，游泳。

VII. Rearrange the Characters Below to Make Good Sentences //////

1. 月 下個 三天 放 的 我們 假

　　————————————————————————————————————。

2. 聽說 那裡 漂亮 風景 的 非常 也

　　————————————————————————————————————。

3. 我 週末 臺南 下個 去 兩天 玩

　　————————————————————————————————————。

4. 沒空 去 KTV 唱 晚上 一個 歌 的 我

　　————————————————————————————————————。

5. 我們 哪裡 不 去 知道 旅行 還

　　————————————————————————————————————。

第九課

75

VIII. Write Out in Chinese Characters ///

Listen to the recording and write out the sentences below in Chinese characters. 🎧 09-06

1. Xià ge xīngqí wǒmen fàng wǔ tiān de jià.

   _____ 。

2. Zhōumò wǒ dǎsuàn zài jiā kàn diànshì xué Zhōngwén.

   _____ 。

3. Tīngshuō Huālián de fēngjǐng fēicháng piàoliàng.

   _____ 。

4. Wǒ yǒu shíhòu zài jiā xiě gōngkè, yǒu shíhòu chūqù wán.

   _____ 。

5. Cóng zhèlǐ dào Māokōng dàgài yào bàn ge zhōngtóu.

   _____ 。

IX. Complete the Dialogue ///

1. A：你想學中文學多久？

   B：_____ 。

2. A：_____ ？

   B：我週末有空的時候，常跟朋友去玩。

3. **A**：你放假的時候，都在家看書嗎？

   B：_____。

4. **A**：要是你不忙，你想去哪裡？

   B：_____。

5. **A**：_____？

   B：要是我不回國，我就跟月美去學書法。

X.　Using Prompt Words \\\\\

Look at the pictures and write a sentence for each.

1. （有空的時候）

   _____。

2. （下個月）

   _____。

3. （週末）（有時候，有時候）

   _____。

4. （臺灣夜市很有名）（應該）

   _____。

第九課

5.　（要是…就…）

_____ 。

XI.　Composition (100 characters)

要是你的朋友來臺灣看你，你打算帶他們去哪裡？去吃什麼？去看什麼？ (If your friends were to visit you in Taiwan, where would you take them? What would you take them to eat? What would you take them to see?)

_____

_____

_____

_____

_____

_____

_____

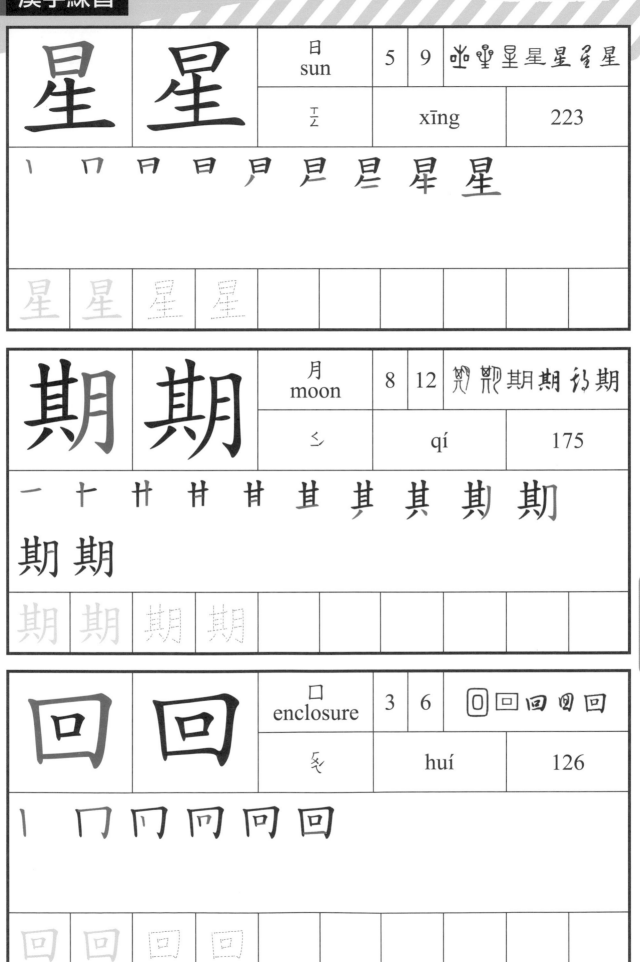

星	星	日 sun	5	9	业 坒 星 星 星 星 星
		ㄒㄧㄥ		xīng	223

丶 冂 日 日 日 尸 足 足 星 星

星	星	星	星				

期	期	月 moon	8	12	期 期 期 期 期 期
		ㄑㄧ		qí	175

一 十 廿 卅 甘 其 其 其 期 期
期 期

期	期	期	期				

回	回	口 enclosure	3	6	回 回 回 回 回
		ㄏㄨㄟ		huí	126

丨 冂 冂 回 回 回

回	回	回	回				

第九課

79

算算		竹 bamboo	8	14	算算算算算
		ㄙㄨㄢˋ		suàn		450

ノ ナ ナ ケ ケ 竹 竹 竹 筲

筲 筲 算 算

算	算	算	算			

視視		見 see	4	11	視視視視視
		ㄕˋ		shì		287

丶 ㇇ ㇇ ネ ネ 初 初 祁 祁 視

視

視	視	視	視			

旅旅		方 square	6	10	旅旅旅旅旅旅
		ㄌㄩˇ		lǚ		635

丶 ㇐ ㄓ 方 方 方 方 旅 旅 旅

旅	旅	旅	旅			

| 功功 | | 力 strength | 3 | 5 | 功功功功功 | |
| | | ㄍㄨㄥ | | gōng | | 375 |

一 丁 工 功 功

功 功 功 功

| 出出 | | ㄩ receptacle | 3 | 5 | 出出出出出出 | |
| | | ㄔㄨ | | chū | | 22 |

丨 屮 屮 出 出

出 出 出 出

| 概概 | | 木 tree | 9 | 13 | 概概概概 | |
| | | ㄍㄞ | | gài | | 1062 |

一 十 十 オ 木 杧 杧 杧 枏 枏 枏
概 概 概

概 概 概 概

放 放		攵 tap	4	8	扩 攽 放 放 放 放
		ㄈㄤ		fàng		258

、 ㄧ 亍 方 方 方 放 放

放	放	放	放					

假 假		人 person	9	11	假假假假假
		ㄐㄧㄚ		jià		527

ノ イ イ 仨 伊 作 作 作 假
假

假	假	假	假					

久 久		ノ left stroke	2	3	久久久久
		ㄐㄧㄡ		jiǔ		543

ノ ク 久

久	久	久	久					

女	女		女 female	0	3	夷 婁 庚 女 女 妇 女
			ㄋㄩˇ		nǚ	152

ㄑ ㄑ 女

| 女 | 女 | 女 | 女 | | | | | | |

號	号		虍 tiger	7	13	彝 号 號 獅 號
			ㄏㄠˋ		hào	822

ㄧ ㄇ ㄖ 吕 号 号 号 号 号 号

號 號 號

| 號 | 號 | 號 | 號 | | | | | | |

她	她		女 female	3	6	她 她 她 她
			ㄊㄚ		tā	174

ㄑ ㄑ 女 女 女 她

| 她 | 她 | 她 | 她 | | | | | | |

建 建		廴 move on	6	9	建 建 建 建 建 建
		ㄐㄧㄢˋ		jiàn	266

フ ㄱ ㄢ ㄢ ㅌ 聿 聿 建 建

建	建	建	建				

議 议		言 speech	13	20	議 議 議 議 議
		ㄧˋ		yì	465

丶 亠 亠 言 言 言 言 訁 訁 訁

訁 詳 詳 詳 詳 詳 詳 議 議 議

議	議	議	議				

夜 夜		夕 sunset	5	8	夜 夜 夜 夜 夜 夜
		ㄧㄝˋ		yè	492

丶 亠 广 疒 疒 夜 夜 夜

夜	夜	夜	夜				

市市		巾 napkin	2	5	半 肖 市 市 帀 市
		ㄕˋ		shì	79
、 一 广 方 市					
市	市	市	市					

應 応		心 heart	13	17	應 應 應 应 應
		ㄧㄥ		yīng	212
、 一 广 广 厅 庁 府 府 庨 庨					
庨 庸 雁 雁 應 應 應					
應	應	應	應					

該 该		言 speech	6	13	該 該 該 该 該
		ㄍㄞ		gāi	483
、 一 二 言 言 言 言 言 訁 訂					
訪 該 該					
該	該	該	該					

逛 逛		辵 stop&go	7	11	逛逛逛逛
		巛ㄤ		guàng		2430

ㄥ ㄐ ㄚ ㄚ 犭 狂 狂 狂 逛 逛

逛

| 逛 | 逛 | 逛 | 逛 | | | | | | |

特 特		牛 ox	6	10	牚特特牪特
		ㄊㄜ		tè		213

ㄥ ㄟ 牛 牛 牛 牛 牜 牜 特 特

| 特 | 特 | 特 | 特 | | | | | | |

別 別		刀 knife	5	7	別別別別別
		ㄅㄧㄝ		bié		241

丶 冂 口 尸 另 別 別

| 別 | 別 | 別 | 別 | | | | | | |

決	決	水 water	4	7	決決決決	
		ㄐㄩㄝˊ		jué		416

、 ｀ 氵 氵 沪 沪 決 決

決	決	決	決						

就	就	尢 lame, crooked	9	12	就就就就	
		ㄐㄧㄡˋ		jiù		57

、 一 亠 古 古 亨 京 京 京 就
就 就

就	就	就	就						

貓	猫	豸 reptile	9	16	貓貓貓貓貓	
		ㄇㄠ		māo		1317

、 ｀ ｀ 豸 豸 豸 豸 豸 豸
豸 豸 貓 貓 貓 貓

貓	貓	貓	貓						

臺灣的水果很好吃

The Fruit in Taiwan Tastes Really Good

I. Differentiating Tones

Listen to the recording and place the correct tone marks over the pinyin.

🎧 10-01

1. 西瓜 （　　　　） xigua	2. 弟弟 （　　　　） didi	3. 機會 （　　　　） jihui	4. 衣服 （　　　　） yifu
5. 乾淨 （　　　　） ganjing	6. 以前 （　　　　） yiqian	7. 窗戶 （　　　　） chuanghu	8. 開心 （　　　　） kaixin
9. 芒果 （　　　　） mangguo	10. 這些 （　　　　） zhexie		

II. Choose the Correct Pronunciation 🎧 10-02

1. 住： a / b

2. 少： a / b

3. 男： a / b

4. 往： a / b

5. 笑： a / b

6. 水果： a / b

7. 紅色： a / b

8. 結束： a / b

9. 旅館： a / b

10. 因為： a / b

III. Listen and Respond: What Is Their Life Like?

A. Listen to the statements and questions. Place a ○ if the answer is yes or an × if the answer is no. 🎧 10-03

1. (　　) 他以前也會說中文。

2. (　　) 他以前大概常去游泳。

3. (　　) 他太太穿紅衣服。

4. (　　) 他家附近有山。

5. (　　) 他在日本拍的照片大概都拍得不錯。

B. Listen to the questions and choose the appropriate answers.
🎧 10-04

(　　) 1. a. 芒果　b. 衣服　c. 西瓜

(　　) 2. a. 不錯！　b. 好啊！　c. 是啊！

(　　) 3. a. 在喝茶的那個　b. 他想穿藍衣服　c. 那個老闆很客氣

(　　) 4. a. 因為那個地方很好玩　b. 因為他女朋友回國了
　　　　 c. 因為他很喜歡看電視

C. Listen to the dialogue. Place a ○ if the statement is true or an × if the statement is false. 🎧 10-05

(　　) 1. 這個小姐建議到臺灣應該去坐捷運。

(　　) 2. 現在去那個地方的車票比以前便宜。

(　　) 3. 這個先生的爸爸幫他買機車了。

IV. Create Dialogue Pairs \\\\

Match the sentences in the column on the left with the appropriate sentences from the column on the right.

(　　) 1. 你什麼時候回國？ (A) 坐公車啊。

(　　) 2. 他以前不太高。 (B) 前面那個在寫功課的人。

(　　) 3. 你們等一下要怎麼去買水果？ (C) 還沒決定，兩三個鐘頭吧。

(　　) 4. 你為什麼笑得這麼開心？ (D) 因為同學給我很多水果。

(　　) 5. 那個在吃西瓜的人是誰？ (E) 我們老闆，他很喜歡吃水果。

(　　) 6. 你們打算逛多久？ (F) 又香又好看，我吃吃看。

(　　) 7. 這是我做的菜，你覺得怎麼樣？ (G) 大概三月五號。

(　　) 8. 你弟弟剛跟誰騎機車來學校？ (H) 對，可是現在比我高了。

第十課

V. Reading Comprehension

Read 明華 Minghua's diary, then the sentences that follow. Place a ○ if the statement is true or an × if the statement is false.

> 　　我有一個日本朋友叫田中，因為他很喜歡吃小籠包，所以來臺灣學中文，他也想學做小籠包。最近他也開始喜歡吃臭豆腐了。他比我高，但是我比他好看。我差不多每個週末都跟他一起打籃球，他的籃球打得比我好。他很喜歡臺北，因為東西比日本便宜，附近還有很多山，他最近很喜歡去的地方是陽明山 (Yángmíng shān)，常要我騎機車載他到山上去看風景。今天他問我可不可以教他騎機車？他覺得騎機車很有意思，我還沒決定，因為我覺得臺北人騎機車常常騎得太快了，所以我不知道應不應該教他騎？

(　　) **1.** 中文和做小籠包，田中都想學。

(　　) **2.** 田中以前不喜歡臭豆腐。

(　　) **3.** 田中比明華矮。

(　　) **4.** 他們常常星期四去打籃球。

(　　) **5.** 因為臺北東西便宜，附近有山，所以田中喜歡臺北。

(　　) **6.** 田中常騎機車到山上去玩。

(　　) **7.** 田中覺得臺北人騎機車不應該騎得那麼快。

(　　) **8.** 明華決定要教田中騎機車了。

VI. Fill in the Blanks \\\\\\

Fill in the blanks with the appropriate characters.

> **a.** 住　**b.** 往　**c.** 少　**d.** 矮　**e.** 給　**f.** 請　**g.** 說　**h.** 甜
> **i.** 穿　**j.** 拍　**k.** 笑　**l.** 到

A： 你覺得那個男的怎麼樣？

B： 哪一個？

A： _____ 前看，_____ 藍衣服的那個，高高的。

B： 他啊，你 _____ 的那個人叫王大明。

A： 你為什麼知道他的名字？

B： 因為他 _____ 在我家附近，所以我們常常一起運動。對了，他明天要 _____ 學校打球，你要不要一起來？

A： 真的嗎？太好了！這麼好的機會！你明天可以幫我們照相嗎？我覺得他 _____ 的時候特別好看。

B： 沒問題！我可以幫你們 _____ 很多張照片。

VII. Has Everything Changed? \\\\\\

（Use "了" in your answers.）

1. 他以前很喜歡上網，可是現在 _____ 。

2. 他以前不會做甜點，可是現在 _____ 。

3. 我上個月有書法課，可是這個月 _____ 。

4. 我上個月每個星期都去故宮參觀，可是這個月＿＿＿＿＿＿＿＿＿＿＿＿＿＿。

5. 以前有手機的人不多，可是現在＿＿＿＿＿＿＿＿＿＿＿＿。

VIII. Combining Sentences \\\\

Please use "S 的 N" to combine the sentences.

e.g., 這些西瓜很甜。他買這些西瓜。➡ 他買的這些西瓜很甜。

1. 那個人不太開心。那個人穿黃衣服。

   ➡ ＿＿＿＿＿＿＿＿＿＿＿＿＿＿＿＿＿＿＿＿＿＿＿＿＿＿＿＿。

2. 這個影片很有意思。他在看這個影片。

   ➡ ＿＿＿＿＿＿＿＿＿＿＿＿＿＿＿＿＿＿＿＿＿＿＿＿＿＿＿＿。

3. 那家旅館不錯。他上個月去那家旅館。

   ➡ ＿＿＿＿＿＿＿＿＿＿＿＿＿＿＿＿＿＿＿＿＿＿＿＿＿＿＿＿。

4. 這種茶又香又好喝。他給我這種茶。

   ➡ ＿＿＿＿＿＿＿＿＿＿＿＿＿＿＿＿＿＿＿＿＿＿＿＿＿＿＿＿。

IX. Write Out in Chinese Characters \\\\\

Listen to the recording and write out the sentences below in Chinese characters. 🎧 10-06

1. Wǒmen zhù de lǚguǎn yòu piányí yòu gānjìng.

   _____ 。

2. Zhè ge shuǐguǒ xiāngxiāng de, tiántián de.

   _____ 。

3. Chuān hóng yīfú de nà ge nán de xiào de hěn kāixīn.

   _____ 。

4. Wǒ yǐqián méi yǒu jīhuì lái zhèlǐ, xiànzài yǒu le.

   _____ 。

5. Yīnwèi wǒ hěn huì zhàoxiàng, suǒyǐ pāi de zhàopiàn dōu búcuò.

   _____ 。

第十課

X.　Which Hotel Is Better?

　　你下個月放一個星期的假，你和你朋友打算去旅行，現在你們在找旅館，下面這兩家旅館都不錯，應該去哪一家呢？(You plan to travel with your friends during the week-long holiday next month. You are looking for a hotel. The two hotels below are good choices. Which one would you choose? Give your reasons.)

旅館	地點	價錢	餐點	交通	特點
1	山上	2,999／天	有早餐	沒有公車	老闆喜歡帶客人去玩
2	海邊	1,999／天	沒有早餐	有公車	可以騎旅館的機車去玩

（早餐 zǎocān：breakfast）

因為＿＿＿＿＿＿＿＿＿＿＿＿＿＿＿＿＿＿＿＿＿＿＿＿＿＿＿＿，

所以我們決定去＿＿＿＿＿＿＿＿＿＿＿＿＿＿＿＿＿＿＿＿＿＿。

XI.　Composition

Write a short essay based on your own situation.

A. 請寫寫你為什麼學中文？(Write a paragraph explaining why you are studying Chinese.)

B. 現在你來臺灣了，也會說中文了，你想你的決定對不對？為什麼？(Write a paragraph explaining why you decided to come to Taiwan to study Chinese. Now that you have learned some Chinese, do you think you decided to come to the right place? Why or why not?)

水 水	水 water	0	4	水 水 水 水 水 水
		shuǐ		88

丿 刁 水 水

水	水	水	水						

果 果	木 tree	4	8	果 果 果 果 果 果 果
		guǒ		128

丨 冂 冂 日 旦 早 早 果

果	果	果	果						

黃 黃	黃 yellow	0	12	黃 黃 黃 黃 黃 黃
		huáng		428

一 十 卄 卄 芇 芇 苎 苔 苗 苗

黃 黃

黃	黃	黃	黃						

色	色	色 color	0	6	甩 色 色 乇 色
		ㄙㄜˋ		sè	169

ノ　ク　クｸ　急　亀　色

| 色 | 色 | 色 | 色 | | | | | | |

芒	芒	艸 grass	3	7	芒 芒 芒 芒 芒
		ㄇㄤˊ		máng	2201

ﾉ　一　十　十ｰ　艹　芏　芒

| 芒 | 芒 | 芒 | 芒 | | | | | | |

給	给	糸 silk	6	12	給 給 給 給 給
		ㄍㄟˇ		gěi	314

ﾚ　ﾚ　纟　纟　纟　糸　糸　紀　給　給

給 給

| 給 | 給 | 給 | 給 | | | | | | |

香	香	香 fragrance	0	9	萫 香 香 耆 香
		ㄒㄧㄤ	xiāng		469

一　二　千　千　禾　禾　禾　香　香

| 香 | 香 | 香 | 香 | | | | | | |

紅	红	糸 silk	3	9	紅 紅 紅 糺 紅
		ㄏㄨㄥˊ	hóng		355

ㄥ　ㄥ　幺　幺　糸　糸　糸　紅　紅

| 紅 | 紅 | 紅 | 紅 | | | | | | |

瓜	瓜	瓜 melon	0	5	爪 瓜 瓜 瓜 瓜
		ㄍㄨㄚ	guā		1055

一　厂　瓜　瓜　瓜

| 瓜 | 瓜 | 瓜 | 瓜 | | | | | | |

拍	拍	手 hand	5	8	拍拍拍拍拍
		ㄆㄞ		pāi	850

一 十 扌 扌 扩 扩 拍 拍 拍

拍	拍	拍	拍				

笑	笑	竹 bamboo	4	10	笑笑笑笑笑
		ㄒㄧㄠ		xiào	357

丿 ㇀ ⺮ 竹 竺 竺 笑

笑	笑	笑	笑				

心	心	心 heart	0	4	心心心心
		ㄒㄧㄣ		xīn	34

丶 心 心 心

心	心	心	心				

穿穿		穴 cave	4	9	宀 穷 穿 窄 穿
		ㄔㄨㄢ		chuān		797

丶 丶 宀 宀 宀 空 空 穿 穿

穿	穿	穿	穿					

衣衣		衣 cloth	0	6	衣 衣 衣 衣 衣
		-		yī		558

丶 一 ナ ナ 衣 衣

衣	衣	衣	衣					

男男		田 field	2	7	男 男 男 男 男
		ㄋㄢˊ		nán		427

丨 冂 日 田 田 男 男

男	男	男	男					

矮	矮	矢 arrow	8	13	橫 矮 矮 矮 矮
		ㄞˇ			1918

ノ 丿 ㅌ 乍 矢 矢 矢 矧 矲 矮

矮 矮 矮

矮	矮	矮	矮				

乾	干	乙 bent	10	11	乾 乾 乾 乾 乾
		ㄍㄢ			791

一 十 十 古 古 克 直 卓 卓 乾

乾

乾	乾	乾	乾				

淨	净	水 water	8	11	淨 淨 淨 冷 淨
		ㄐㄧㄥˋ			1056

丶 丶 丶 氵 汀 汀 沪 沪 淨 淨

淨

淨	淨	淨	淨				

第十課

窗 窗		穴 cave	7	12	窗窗窗窗窗
		ㄔㄨㄤ		chuāng		835

、 ハ 宀 宀 宀 宓 宓 宯 穸 窅 窗 窗

窗	窗	窗	窗				

戶 户		戶 household	0	4	曰尸戶戶户户
		ㄏㄨ		hù		793

、 厂 戶 戶

戶	戶	戶	戶				

往 往		彳 to pace	5	8	徉徉往往住往
		ㄨㄤ		wǎng		331

ノ ノ ク 彳 彳 彳 往 往

往	往	往	往				

藍藍	艸 grass	14	18	藍藍藍藍藍
	ㄌㄢˊ		lán	1095

丶 十 十 艹 艹 艹 芐 芐 芐 莔

莔 薩 藍 薩 薩 薩 藍 藍

藍 藍 藍 藍

因因	口 enclosure	3	6	因因因因因因
	ㄣ		yīn	76

丨 冂 冂 闭 因 因

因 因 因 因

住住	人 person	5	7	住住住住
	ㄓㄨˋ		zhù	301

丿 亻 亻 仁 仁 住 住

住 住 住 住

些	些	二 two	6	8	些些些些些
		ㄒ ㄝ	xiē		202

丨 卜 ⺊ 止 止 此 此 些

| 些 | 些 | 些 | 些 | | | | | | |

拼音	正體	簡體	課
guó	國	国	1
guǒ	果	果	10
guò	過	过	11
H			
hái	還	还	3
hǎi	海	海	6
háng	行	行	7
hǎo	好	好	1
hào	號	号	9
hē	喝	喝	1
hé	和	和	3
hěn	很	很	1
hóng	紅	红	10
hòu	後	后	6
hòu	候	候	7
hóu	喉	喉	15
hù	戶	户	10
huá	華	华	1
huā	花	花	6
huà	話	话	11
huà	畫	画	12
huá	滑	滑	14
huān	歡	欢	1
huàn	換	换	13
huáng	黃	黄	10
huì	會	会	5
huí	回	回	9
huǒ	火	火	8
huò	或	或	8
J			
jǐ	幾	几	2
j	機	机	4
jǐ	己	己	5
jì	計	计	8
jì	記	记	13
jī	績	绩	12
jiā	家	家	2
jiā	加	加	12
jià	假	假	9
jiàn	見	见	7
jiàn	建	建	9
jiān	間	间	11
jiàn	健	健	15
jiǎng	獎	奖	12
jiào	叫	叫	1
jiāo	教	教	5
jiào	教	教	6
jiào	較	较	8
jiāo	交	交	13

拼音	正體	簡體	課
jiǎo	腳	脚	13
jiào	覺	觉	15
jiě	姐	姐	1
jiē	接	接	1
jié	結	结	7
jié	捷	捷	8
jìn	進	进	2
jìn	近	近	6
jīn	今	今	3
jīn	金	金	12
jǐng	景	景	6
jìng	淨	净	10
jīng	經	经	11
jiù	舊	旧	4
jiǔ	久	久	9
jiù	就	就	9
jú	局	局	15
jué	覺	觉	3
jué	決	决	9
jūn	君	君	2
K			
kā	咖	咖	1
kāi	開	开	1
kàn	看	看	2
kāng	康	康	15
kè	客	客	1
kě	可	可	3
kè	課	课	6
kòng	空	空	7
kǒu	口	口	13
kuài	塊	块	4
kuài	快	快	8
L			
là	辣	辣	5
lái	來	来	1
lán	籃	篮	3
lán	藍	蓝	10
lǎo	老	老	2
le	了	了	4
lè	樂	乐	13
lèi	累	累	12
lěng	冷	冷	14
lǐ	李	李	1
lǐ	裡	里	6
lǐ	禮	礼	13
lì	利	利	8
lián	蓮	莲	6
liǎn	臉	脸	15
liàng	亮	亮	2

拼音	正體	簡體	課
liǎng	兩	两	2
lín	林	林	11
liú	流	流	15
lóng	龍	龙	1
lóng	籠	笼	5
lóng	嚨	咙	15
lóu	樓	楼	6
lù	路	路	8
lǚ	旅	旅	9
M			
ma	嗎	吗	1
mā	媽	妈	2
mǎ	馬	马	2
mǎi	買	买	4
mài	賣	卖	4
máng	忙	忙	7
màn	慢	慢	8
máng	芒	芒	10
māo	貓	猫	9
mào	冒	冒	15
me	麼	么	1
měi	美	美	1
mèi	妹	妹	2
méi	沒	没	2
měi	每	每	7
men	們	们	1
mén	門	门	13
miàn	麵	面	5
miàn	面	面	6
míng	明	明	1
míng	名	名	5
mò	末	末	3
mǔ	母	母	2
N			
nǎ	哪	哪	1
nà	那	那	4
ná	拿	拿	15
nán	南	南	3
nán	男	男	10
nán	難	难	12
ne	呢	呢	1
nèi	內	内	4
néng	能	能	4
nǐ	你	你	1
nǐ	妳	妳	3
nián	年	年	12
niàn	念	念	12
nín	您	您	2
niú	牛	牛	5

拼音	正體	簡體	課	拼音	正體	簡體	課
xīng	星	星	9	yuē	約	约	14
xiōng	兄	兄	2	yùn	運	运	3
xiū	休	休	15	**Z**			
xū	需	需	12	zài	在	在	6
xué	學	学	3	zài	再	再	7
xuě	雪	雪	14	zài	載	载	8
Y				zǎo	早	早	3
yá	牙	牙	13	zěn	怎	怎	3
yán	言	言	12	zhàn	站	站	8
yàn	厭	厌	14	zhāng	張	张	2
yán	炎	炎	15	zhào	照	照	2
yàng	樣	样	3	zhǎo	找	找	6
yào	要	要	1	zhè	這	这	1
yào	藥	药	15	zhēn	真	真	5
yě	也	也	3	zhī	支	支	4
yè	夜	夜	9	zhī	知	知	5
yè	葉	叶	14	zhǐ	只	只	14
yí	怡	怡	2	zhí	直	直	15
yī	一	一	2	zhōng	中	中	2
yí	宜	宜	4	zhǒng	種	种	4
yǐ	以	以	3	zhōng	鐘	钟	8
yì	意	意	7	zhōu	週	周	3
yì	議	议	9	zhù	住	住	10
yī	衣	衣	10	zhū	豬	猪	13
yǐ	已	已	11	zhù	祝	祝	13
yī	醫	医	15	zhuāng	裝	装	11
yīn	音	音	3	zi	子	子	2
yín	銀	银	7	zì	自	自	5
yīn	因	因	10	zì	字	字	7
yíng	迎	迎	1	zi	字	字	2
yǐng	影	影	3	zǒu	走	走	11
yīng	應	应	9	zú	足	足	3
yǒng	泳	泳	3	zū	租	租	11
yòng	用	用	4	zuì	最	最	5
yǒu	有	有	2	zuò	坐	坐	2
yóu	游	游	3	zuò	做	做	3
yǒu	友	友	6	zuó	昨	昨	5
yòu	又	又	8	zuǒ	左	左	11
yòu	右	右	11	zuò	作	作	12
yóu	油	油	12				
yù	玉	玉	3				
yù	浴	浴	11				
yǔ	語	语	12				
yǔ	雨	雨	14				
yuǎn	遠	远	6				
yuàn	院	院	8				
yuè	月	月	1				
yuè	樂	乐	3				
yuè	越	越	3				

Linking Chinese

當代中文課程　作業本與漢字練習簿 1-2（二版）

策　　劃	國立臺灣師範大學國語教學中心	發 行 人	林載爵
主　　編	鄧守信	社　　長	羅國俊
顧　　問	Claudia Ross、白建華、陳雅芬	總 經 理	陳芝宇
審　　查	姚道中、葉德明、劉珣	總 編 輯	涂豐恩
編寫教師	王佩卿、陳慶華、黃桂英	副總編輯	陳逸華
出 版 者	聯經出版事業股份有限公司		
英文審查	李櫻、畢永峨		

執行編輯	張莉萍、張雯雯、張黛琪、蔡如珮	叢書編輯	賴祖兒
英文翻譯	范大龍、張克微、蔣宜臻、龍潔玉	地　　址	新北市汐止區大同路一段 369 號 1 樓
校　　對	張莉萍、張雯雯、張黛琪、蔡如珮、	聯絡電話	(02)8692-5588 轉 5305
	李芃、鄭秀娟	郵政劃撥	帳戶第 0100559-3 號
編輯助理	許雅晴、喬愛淳	郵撥電話	(02)23620308
技術支援	李昆璟	印 刷 者	文聯彩色製版印刷有限公司
插　　畫	何慎修、張榮傑、黃奕穎	2021 年 10 月初版・2023 年 12 月初版第八刷	
封面設計	Lady Gugu	版權所有・翻印必究	
內文排版	洪伊珊	Printed in Taiwan.	
錄　　音	李世揚、馬君珮、Michael Tennant	ISBN　978-957-08-5975-1 (平裝)	
錄音後製	純粹錄音後製公司	GPN　1011001470	
		定　　價　300 元	

著作財產權人　國立臺灣師範大學
地址：臺北市和平東路一段 162 號
電話：886-2-7749-5130
網址：http://mtc.ntnu.edu.tw/
E-mail：mtcbook613@gmail.com

國家圖書館出版品預行編目資料

當代中文課程 作業本與漢字練習簿1-2（二版）/
國立臺灣師範大學國語教學中心策劃．鄧守信主編．初版．新北市．
聯經．2021年10月．112面．21×28公分（Linking Chiese）
ISBN　978-957-08-5975-1（平裝）
[2023年12月初版第八刷]

1.漢語　2.讀本

802.86　　　　　　　　　　　　　　　　　　　　110013287